夏の花

Kawazu Kiyoe

河津聖恵

思潮社

夏の花

河津聖恵

思潮社

装画＝玉川麻衣
装幀＝毛利一枝

目次

月下美人（一）　10
月下美人（二）　14
夏の花　18
サガリバナ　28
花世《ゆ》の島　34
月桃　44
神《サン》の花々　48
ベニバナ　52
梅に来るひと　56
sakura　62

沙羅双樹　66
萩　70
月見草　76
ハチス　80
声の園　86
炎　92
詩人の故郷　98

注　104
あとがき　108

夏の花

月下美人（一）

闇の奥で眼窩たちは息を呑む
一輪の花がいまひらきはじめる
なおも咲くのか
なぜ咲くか
無数の黒い穴は問いもだえる
死ぬことも生きることも滅んだのに
宇宙の一点をいま花の気配が叛乱する
穴はいっしんに嫉妬する

月下美人
幻想の名の匂やかな花芯が
死者たちの無を乳のように吸いよせる
ゲッカビジン
重い鈴のような音の裏側で
死んだ子どもたちが
飛沫のような声をあげる

花のうつくしさに恐れつつこがれ
ついに誰が撃ったのか
太陽は草はらに墜落し
世界はきりきり昼夜をねじらせ落ちた
たった一輪の花のもとへ供犠し、かがやき、
太陽の眼窩から

古代の月光がこぼれ夜の葉脈を伝い降りていく
蕾を締める死の紐はゆるみ
闇の真芯は軋み
たった一輪の内奥から
夜の深みを引き裂き立ちあらわれる氷の純白
はばたこうと蠢く蕊の黄金
歓喜だろうか
あるいは苦悩だとしてもそれは
すでに陶然と立ち尽くす私のものだ

自らの外で蝙蝠の瞳をつぶらに輝かせ
花の閃きを浴び　花の蝕に呑み込まれてしまいたい
一輪の花がひらく大いなる夜に
命を生きられるために

月下美人（二）

昨夜その花は
夢の奥で私をいくども引き裂いた
けさのねじれた疲労は凋んだ花のもの
深夜モニター画面をみつづけた
充血したまなざしから
どんな血が吸われていったのか

砂色の街だった

巨大な花は夜空から
無影の閃光を放ちくりかえし咲き誇った
なかぞらに現れては惜しげもなく
美しいまま戦争と化していくゲッカビジン
ふりそそぐ濁音のはげしい殺意と
さらされる街のカタカナの骨
赤い花びらのごとく小さな靴は路上にころがり
黒い種のごとく幼いいのちは炭化した
(夢だけが不可視の痛点を打ちつづける)
すべてを奪われ空を見上げる父と母は
世界の悪の壮絶な美しさに
祈りをじっと焼かれている
蕊はむきだしのシルエットを慈しもうと伸び
大輪は砂色の沈黙を照らしだし

永遠の正午《まひる》を実現した

蕊の尖端に煌く黄の花粉は
どんなものも焼き尽くすという
（そして絶望を焼く炎をみる者はいない）
地球の裏側でいまも
街はまぶたを焼かれる
まぶたを焼かれながら　街は花を見上げる
遥かなモニター画面の前に座る比喩の魔物は
月下美人と名付け
詩さえ綴ろうと身構えた
無数の窓のどこかで
きれいね、と少女が応じていると
まぶたを閉ざすすべての母の指を

世界は燃やし尽くしてしまった、と

まなざしの血は
少女のいのちを真っ白に迂回し
美しい比喩は刻々と花の狂気を育てている
そしてまた花の純白が――
それは私の無に深く根を下ろす氷
鼓動のように輝きはじめる

夏の花

世界が静かにめくれていく
何者かに剝ぎ取られるのではない
おのずからめくれ上がり裏返るのだ
それは焼亡というより
深淵の夏の開花
季節を超えてしまった下方へ
冷たい暗闇を落ちながらひらひらく花弁の感覚
あの日以前も背をなぜてそれは

そっと過ぎていったではないか
指先や眼球や鼓膜にも
言葉と感情はいわずもがな
沈黙と闇へだけひらく花々が咲き
そのたび唇は何かを言おうと
かすかにひらいては閉ざされたではないか
「長い間脅かされてゐたものが、遂に来たるべきものが、来たのだつた。」
あの日
飼い慣らせなかったタナトスの蹄の音がきこえた
あいまいだった黒い馬の影はついに
百頭の怪物となって実在し
季節と花々をたやすく踏みにじった
世界が世界の外に飛び込もうとした刹那、
白煙と黒煙が上がった

あれもまた花々だった
悪の花——
つかのま永遠の喪失を罪びとたちの額に刻印して
それは忽然と姿を消した
夢の強度だけを
野という野にありありと残し
あとは誰しもの故郷のような
うち捨てられた美しさが増していった
世界が世界を剝ぎ取る痛み
秒針が世界の肉を刺す苦しみ
しかし
そのただなかから懐かしさは光りあふれやまなかった

＊＊

「わが愛する者よ請ふ急ぎはしれ」
不思議な声がきこえた
末期に空へと向き直る
夏の花々の声らしい
呼ばれているのは蝶や燕であるはずだが
異様に澄んだ響きに私は呼ばれてしまう
私をどこかに喪った私のまなざしだけが
畦道を烈しく進みだす
私を呼ぶ花はどこか――
私が呼ぶ花はどこか――
まなざしはかすかに息をつき
寒さにかじかむ茂みや木々の葉を吹いて暖め
蘇らそうとするが

「苦悶」もなく「一瞬足掻いて硬直したらしい」
錆びたサッカーゴールや廃墟のコンクリートの壁
「ギラギラ」しない太古の暗い「破片」
草むす薄闇色の鉄路に
まなざしは長い長い腕で触れていくのだが
凍れる秋の花は現れても
愛しい夏の花はみつからない
やがてまなざしは
ふいに広く広くまなざされる
「純粋母性」のように輝く太陽が
乳のように煌めかせる川と
生命の彼方から死の岸辺へ寄せる海によって
屍体もなく血もなく
「空虚な残骸」だけが散らばる浜　あるいは

「魂の抜けはてた」地上
ここに花は咲くのか　なぜ咲くのか
雲深い空にまだわずかに
あかあかと護られてある一滴の涙のためか
「無として青みわたる宙」に
いまなお無数の星が生まれるからか
「星を歌う心」が「虚無のひろがり」にあらがい身をもたげれば
死の破片の下からも花は咲くだろう
名もない「黄色い小瓣の可憐な野趣を帯び」た
夏の花の幻は咲くだろう
「何か残酷な無機物の集合のやうに感じられる」
人間の故郷に淡い影を添わせて

＊＊＊

そしてまなざしはほどかれ
無数のまなざしとなって満ちていく
海と空　夢と現実のあわいに
夏の裏側を焼かれていく冬の白さに
雪虫のように
誰のものでもないまなざしは放たれていく
何もかもが〝みている〟のだ
遥かな過去からふりむき
死者が生者を目撃するように
ここに〝みられる〟ものはもう何もない
神話のように
枯れ枝の先にすら祖先の眼がひらき

摘みとる者のいない柿の実にみえない赤子は目覚める
墓に刻まれた名も
癒えることのない雪に埋もれた家々の窓も
時間の鉄条網のような送電線も
すべての生き物の救難信号のような黄色いハンカチも
無の巣のような枯れた叢も
俯く老婆の銀の髪も
世界の内奥では
あの頽れた四つの鐘がみずから鳴りはじめた
鐘は獣であり
何万年の未来まで　あるいは古代まで
傷ついたもののうめきを響かせていくつもりだ
その残酷な悲しみを置き去りに
故郷は世界の外へまた一歩静かに退こうとする

世界の縁では
ひとのような塔のようなシルエットが呆然と見送るしかない
どんなに夜が深まろうと
それらを闇に描きだす漆黒の絵の具は
世界に尽きることがない
見送るひとかげは増え
遥かな塔はあくがれるように林立をやめない

だが死ねない四頭の犠牲獣の
咆哮を聴き届けるのは
獣らを取り巻く忘却の河のほとりに
密かに咲き誇る夏の花だけ
世界の苦い泥についに生まれた
反世界の小さな裸形の花だけ

あるいは花という極小の
世界の追憶、追悼の祈りのすがた

サガリバナ

橙の海の彼方から
島をわずかに浮き上がらせる闇の力が
窓におよんでいる
林立するホテルが影絵になり
忘れていた幼い記憶をなぞられ
酷暑の疲れに沈んだからだは
静かにかたどられ蘇りはじめた
何を羽織っていこうか

誰に会うのでもないが
さむい蛾のようなベージュを鏡もみずに選ぶ
トランクは朽ちかけた色ばかりだ
亜熱帯の夜の底で
衰弱をさらすために私はここに来たのか

群生地——
満員のバスに揺られる闇の中で
すべての乗客の目的地であるそれは
いま世界で唯一の地名だ
夢うつつ
弧状列島から海へこぼれ落ちる島々が
落下しながら抱く胎のようにも思えてくる
不思議だ

一つの島にいながら
無数に点在する島を内臓に感覚する
月のない今夜　すべての群生地では
闇より黒い光が照らしだしているだろう
夜行性の獣の目　虫たちの羽や触角のふるえ
いのちないものへ喰われるいのちあるものの
誰しもの識閾下の畏れ

バスが軍用ジープに変わるかと思えたころ
砂糖黍畑の壁が途切れ
乗客たちのためにすでに胎はひらかれていた
〝添道サガリバナ夜のお花見〟
永遠のように
ＬＥＤに照らされる花の火花が

樹上から無数に産み落とされている道
いま夜はただ花の母となり
空は藍を深め　星を湛えはじめる
つよまる闇の力が
島をまたわずかに浮き上がらせ
蕾たちはつややかに身をよじり
闇の濃度にしたがい下方から破れひらいていく
肌にまといつくような
花の甘い性の匂いだ
山の端に現れた星々とさえ交わりたいか
長い蕊を触れるようにのばしだす
この美しさがついに降ってくるために
夜はどんな苦悩にたえてきたのか
私たちのものではない　夜の

歓声を上げる人々から
やっとはぐれ
深まる闇からマレビトの仮面を受けとった
ここからは星もなく
花の骸が散り敷くだけのたった一人の産道だ
内部の、内部の群生地がざわめく
さあ仮面を付けよう
からだには衰弱がたましいのようにあふれている
この夜の一歩先に
いったいどんな生が？
死ねない花の骸たちはどこまでもぼうっと光り
弧状列島の破線をつらねて
海の無意識深く世界を沈めていく

花世《ゆ》の島

花にあふれた小さな島の
白い砂浜を素足で歩く
足裏のかすかな痛みが
星砂のこまかな凹凸を伝える
どこまで砕け散ろうと
消え去ることのない骨片の微小な意志
とおい新月の夜　この砂ではげしく頬をこすり
声もなく泣いていた女がいた

海の彼方から
花染めのティサジを素肌にまとい
ひそかに身を投じようと　ここにやって来た

女はみえない貝殻を背負い
平和世を彷徨いつづけた
ためらう恋人の背中を無邪気な掌で押し
激戦へ送りだしてしまった〝加害〟という貝殻
悔いれば悔いるほど
燃えるように大きくなる
その途方もない重みと向き合うには
途方もなく生き直さなくてはならなかった
すでに女はひとたび深く死んでいた
胸に押しつけられた白木の箱いっぱいに広がる宇宙へ

みずからの断崖から飛び降りていた

彷徨い疲れた女は
漆黒の壕の外で待ちつづけた
夢の中で恋人がここにいると告げた場所
戦に怯えていた月桃たちが
いっせいに身を起こし花開き
甘い香りで満たしはじめた平和世のふちの
生と死の境界線
だがいくら待っても蝶のひとひらも現れない
死者たちはたしかに壕の中なのに
依然と　あるいはますます外の光と音を恐れ
一滴一滴岩を伝うしずくに
身をよじり溶け込んでいるらしい

病院壕で殺戮された　あるいは自決した
数千の悲しむ死者は身を寄せ合い
乳色の石のつららとなって闇に伸びつづける
やがて孤独なひとのかたちとなって佇むまで
（だが七十年経ってもまだやっと赤子の指の骨だ）

女の手だけが燃え残り
平和という不思議な空虚に
ふたひらの死ねない蝶となってまつわりつづけた
恋人の生まれ変わりである平和に触れいそいだ
だが抱きしめようとすればそれは
ことごとく黒く腐食し
壕に置き去りにされた恋人の
死の逆光の中の漆黒の表情に変わる

その時瞼に描かれた自分の微笑は
どのような未来の閃光だったか
手は女をその内部に黒く鎖し
やがて突き落とすように背を押した

蜉蝣のように透けた身で流れ着いた島
だがいくら歩き回っても
無慈悲な断崖はない
それは透明なさざ波と無垢なアマンが戯れる
たいらかな珊瑚礁の島だったから
死に場所を求め彷徨っていた女は　いつしか
無数の蝶と花を天へ捧げる
優しい死者の掌に受け止められていたことを知る
不思議なまなざしの気配に振り仰げば

星空のあまりの美しさ――
ふいにからだが生きたいと叫んだ
女のいのちが女よりも先に選んだ
歌い　語り　泣き　笑うことを
砂時計の砂のように
ずっしりと自分に与えられた時間を
有から無へ落ちていくことを

やがて花々に埋もれながら
女の血と肉は澄んだ水となり
星砂に染み込んだ
愛のかたちそのものである骨片は
無の指に洗われ潮風にさらされ
彼方からの死者の声と

永遠に混じり合った
いまも光の中で
恋人たちの交合は繰り返され
果実のように艶やかな花々を咲かせている

この国の七十年の歳月もまた
花にあふれた小さな島だった
みえない砂浜で
みえない砂をつかみながら
柔らかさを取り戻した掌の中で私は知らされる
ふりかえれば
光と影となった恋人たちの声は
風の中ではげしく求め合い

砂の一粒一粒は
引き裂かれた血と肉の記憶にふるえている
砂に星を探していた私は
いつしか恋人たちの子どもとなり
みえない花々にするどくみつめられていた
平和などもうどこにもない、愛は幻だ——
水平線からとよもす鼠色の声
ざわめく木々
七十年の珊瑚礁を踏みしだき
あらたな戦世がやって来るらしい
ひとよ、花となれ——　みえない花々が叫ぶ
塞がることのない魂の壕の入口で
七十歳の月桃たちの唇は仄紅くひらく
未来の幾世にも

恋人から恋人へ手渡されるティサジのために
アカバナたちの鼓動は高鳴り
空は青を深める
生と死をつらぬき流れる
花世を求めるきよらな歌を
ふたたび彼方へ向かい　島はうたいはじめる

月桃

初めてみたはつ夏の花は
いまは亡き人の　桜をめづる優しい遺影の前
微笑みをしずかに受けとめ俯き
壺をあふれ咲きこぼれている
遥か南の島から贈られた
その人が魂に宿しつづけたという白い花房
思いの外甘い香りはなく
咲きはじめて七年を生きているかのよう

赤らむ蕾の先はいまここの空気に触れ
可憐にとまどい黙している
花はみる者の心を覗き込む
（私を根から慈しむ、うつぐみ魂はありますか）
亡き人自身がいま摘んできた、とでもいうように
感情をかすかに高ぶらせ
花は揺れている
私の〝本土〟が花の〝沖縄〟に照らされる
心はすでにうじがわき
血しぶきに暗く濡れ
すべらかな日常の下方でわれしらず
私もまた沖縄の骨を踏んでいた
（こうした骨の上を歩いていることを、
誰も忘れてはならない――）

ときに厳しいあなたの言葉は　だが限りなく優しく
琉歌のようにきよらなたたかいへ
つみびとたちを向き直らせる
（みんな自分の花を光にしましょう、
自分の命を輝かせて、どうぞ人類のために、
世界のために、小さなお人たちのために――）
婚約者を戦地へ送った〝加害〟を一生背負い
その人の自決した沖縄に向き合いつづけた、花
愛そのものとして生きた魂の花房は
いま風に揺れ　私たちの思いに揺れ
ふるえる平和を底から抱きしめようと
純白に輝きはじめる
花明かりはほろびない
どんな闇にも　花は花の魂を奪わせないと

神《サン》の花々

フェンスにからむ花はない
初めて訪れた者に金網は
時空の思わぬ断層として立ちはだかる
〝基地はいらない〟〝イラナイ〟〝NO!〟
電流が走っているはずもない
だが結界のように触れられない
多くの人々のまなざしをねじ伏せ
ワイヤーをかたく編み込んだ力に

立ちすくむ
力は金網越しに曇天の海に及び
柔らかな水の背を冷酷に切り刻んでいく
覗きみえる鈍色の輝きが心に響く
あれこそがいま私の深くを染める色だ
金網に触れれば夢は終わり
目覚めたまま内側に閉じ込められてしまうだろう

隣接するキャンプ・シュワブから
実弾演習の銃声がきこえる
雨宿りのようにひっそりとした片隅で
海のいのちの秘密に耳を傾けた
説明役の女性が拡げた大浦湾の俯瞰図が湛える
深い瑠璃色は神《サン》の棲みかだ

夜ともなればそこを出て浅瀬の藻場で食むという
〝ジュゴントレンチが確認されています〟
心深くでそれはもう
花の野になっている
暗い水のまにまに揺れる薔薇や百合
大きな影がよぎると花は消え
白い道が残される
瑠璃色の消化器官をくだり
鮮やかに舞い散る花々の幻想……

膝より低くめくれる水の花弁に触れると
心よりも柔らかでいとおしい
(やっと、ここに来た)
指先にふるえる鈍色の響き

瞳の奥から瑠璃色が湧いているのか
曇天の水の輝きは
私と私の背後へ差しだされた神《サン》の花々

ベニバナ

石の目をひらき　こらし
儚い視野の塵にまみれてここに来た
したたる一滴の血のように
内奥にきらめき待っていた時刻
目を閉じ三つかぞえてごらん
いま初めて夜空はおまえに気づく
ついにまったき穴になろうとのびあがるおまえの中へ
厩の闇は降り

隠れていたけものの優しさが
凍った小さな星々を潜り込ませる

ベニバナ
それがおまえのほんとうの名だった
たった独りで燃えつづける自由をついに取り戻した
黄から紅へ燃えあふれ
世界の黒を深めてゆけ
やがて握りしめた無を贈るために散ってゆけ

戦、燃、連、遍、深まる夜空の欠片が
身もだえるおまえの風に撒かれ
鮮、纖、賤、閃、絶望の谷に絶望の光を点じていく
もろともに万年をかけ

奈落へ落ちる世界の
叫びの声紋をかたどり欠片たちは炎を上げていく

目を閉じ三つかぞえてごらん
いま初めておまえの花芯を覗こうとする夜空は
母のように背後から撃たれた
おまえは緋色に燃え
世界は黒の無限へただよいだす
なかぞらを往くのは人工衛星ではなく
銀のベニバナに乗る父たち
時を止めわたっていく
永遠にきこえない灰の声
ふいに野は真空になる
花たちはいっせいに涙のヘルメットを被り

それぞれが宇宙にたった独りのベニバナであることに
ひととき耐え　涙を燃やし
緋と紅を世界の漆黒へ近づけていく

梅に来るひと

光はいま
このときを滅ぼしながら降る
庭はおとなう影を
白砂にほの明るく呑む
心のようにそこだけまるく滅ぶことがない
光が時を滅ぼす
時が光に滅ぼされる
だが枝垂れる紅梅たちは

やすやすと不滅の光を服ろわせ
滅びても滅びることのない艶めきを誇示するのだ
ひとびとは
花々に眼や肩や指先を投げ与えながらきらめく
笑いは花のために散るひとの光
花という眼前の彼方に
鳥や虫のように触れてはひそかに砕けちる
暗い鏡の欠片

枝をくるくる回れ、めじろ
透明な羽が緑に染まるまで
まだみぬいのちが花ひらくまで
おまえが蜜を吸い羽を拡げれば
あたらしい宇宙が少しずつ始まっていく

ひとに気づかれることなく庭は倒立し
独楽の中心のように澄みわたるなかぞらに
花の紅は鼓動をはやめる
ここで花は触れられるのでなく
風を装いみずから触れ
感嘆の声を上げるひとを
きよらかな庭から祓おうとかがやく
降り立つのを待たれているのは
ひとではなく
空から笑いあふれるあなうらの
白砂への冷たい着地
一つ一つ造化に幽閉された花はそのとき
花芯からゆっくり解き放たれ
散るのでなくこぼれる

こぼれてもこぼれても滅ぶことなく
滅びる

ぎっしりと恋こがれる蕊
瞳のない無数の睫毛のざわめき
まなざしの果ての果てにみえるものは何か
空から空虚を無心に吸う花芯に
小さく凍るように映しだされるのは誰か
太古の花の記憶　あるいは
未生の花がみる夢の奥に
開花と共に
ひざまずき俯く誰かがいる
庭にけっして降り立つことのないひと
だからこそ花の香りがつよく呼ばわるひと

世界の閃光に閉ざされた部屋で
たった独り語りかけながら
みえない花の心を育てるひと
世界から身を守るための黒髪が
柔らかな花びらに変わりつつあるのも知らない
ひとに生まれたために
みずからを野の花のように摘んでしまうひと
きっとこの花々のどこかに生まれ直すだろう　花ひと
みずからをもう手折ることはなく
深く悲しく愛おしむ　一輪のひと花が
花々のどこかにまた花ひらく

梅園を見やる苔の窪地は
香りの届かない陰翳の棲みか

落椿が風にひんやりころがされてくる
花になれないひとびとの彷徨いは
ここからは別の世にみえる
赤から闇に戻りはじめる花を慰めようと
風が吹きくるたび
いのちの花芯から走りでる無の蟻たちの
無のゆたかさ

sakura

花の下でからだはほの白く弛緩する
枝が頭上で揺れるたび
まなざしの糸はゆらりとほどかれ
また編まれてはほどかれる
とざされたまなざしは繭のように
何かを告げようとするこころを包む
私は一輪の花よりちいさくなる
美しい、ではない

万朶に点じられた小さな赤い花芯は、こわい
梅ならば長い蕊でまなざしにからんできたが
この赤らんだ目ならぬ目は
花のものでもひとのものでもない
あの大きなわざわいの春に
ずっしりとみつめていたもの
みつめられていたものは
いまもなお深く空無なのか
それとももうあふれ　私たちをみたしているか

誰もが知っていた
年々遠のくように花の白さが増していたのを
あの春の裂け目は
ついに純白をさらしただけだ、と

私も私の純白にさらされたのだ
梢でかすかに光った
人知れず崩壊をはじめたそれぞれの危機
地に立つ者のくちびるはふるえはじめた

いま近づくようにふたたび滲みだす薄紅の気配は
はじまりか終わりか
記憶か忘却か
あの一輪を見定めようとすれば消え
消えたと思えばこの一輪が光る
花々の有機交流電灯に
ほの白く照らしだされるからだ
からだにほの白く包まれるこころ
風をはらむ花々は複眼ですべてを映しだし

（私は一輪の花よりちいさくなる）
無数の赤い隻眼が
世界を未来の荒れ地にして
風が静まれば
地上でいっせいに呼応し構えられるレンズ

泣くことを知らない
青空を背にかがやく金属質の、ｓａｋｕｒａ

沙羅双樹

「花であることでしか／拮抗できない外部というものが／なければならぬ」
（石原吉郎「花であること」）

雨あがりの門扉がひらく
葉々を擦る傘の影に
落下する無数のしずくの無数の影
影の重みを脱け
梢で真白く花は我に返る
すでにもう
花弁のやわらかなしぐさは
かすかに虚空を掻いている

眉を越える花の白までが
命をかぎる世界の余白だ
もうすぐすべてが終わる
いや　すべてはすでに終わってしまっている
花のうちふるえる輪郭は
ちりちりときこえない鈴の音《ね》で
空の奈落に
この世をかすかにつないでいく
あるいは放ちはじめる
存在の息をつめ
傘をとじるひとの
よこがおの眉は
頭上の花の白さのみえない昂まりに
ふしぎに応じわずかにひきしぼられた

なぜこんなところで
透きとおってしまったか
傘の先からふいに泣いたか
けれど当惑はもう
花の内部だ
黄色い雄蘂が
なつかしそうにいっせいにかたむき
傘をたたみふりあおぐよこがおの
しずくのかがやきが
花のみるさいごの花となる

空の白に呼ばれ
白が白を越えたとき
花は真っ白に世界をたちきる

すべては花の外部としてよじれ
巨大な闇をひらいていく
よこがおのまま
永遠の下方へつれさられるひとは
逆しまな鐘の音とともに
大いなる者の涙にもどった花に
あたたかく包まれて

萩

《にほひこぼれる》

遥かな詩人の小さな言葉を
耳のうしろに隠し持ち
今日　ここを歩く
朝の夜空に言葉のランプをかざし
歩行を不思議な信頼にそめられ
みえない叢をかき分けるように
坂の上の萩の寺へ歩むことができる

驚きが
しずかな歌のように耳の高さをひろがって

《にほひこぼれる》
空がとどめられない朝の月光に
眼はあふれていく
見上げればうすい水色は広がり
午前を淡い忘却がゆたかだ
世界の花芯に
詩人はかぐわしくいない
私は私の渇く廃墟を歩かせるしかない
萩の寺へ
遥か昔　詩人が過ごした暗い窓へ
かなうものなら

日がな一日希望と絶望のあわいを降る雨を聴きつづけた
沈黙のたそがれへ

《にほひこぼれる》
私は季節を信じてきたか
世紀を越え
やわらかな手をのばすT字路ほどに
花を裏切らなかったか
光の中でただ花でありたい
という願いを残し
世紀を沈んだ詩人の瞳を忘れ
坂の下で（私は）季節が死にたえ
あらわな廃墟で（私は）花が散りおえる
夜の青空が澄みわたる深み

浮かぶはりつめたガラスの花びら
夢の終わりが圧されて
花と季節の灯火管制がしかれる時刻
私の廃墟に
時間の怪物は目覚める
生まれかけた光を黒い失語で　みずから
まるで罪のように覆ってしまう

《にほひこぼれる》
無限の距離を隔て
すぐそこの黄土の壁をいま
あなたは（萩が）くずおれる
花をみるまえに
荒れた深淵を覗いてしまう

一匹の蝶のように深淵に覗かれ
手探りし　俯く紅紫のあごに触れ
まぶたをとざし耳朶をなぜる
小さな花は意志でも受け身でもない
世紀を越え
指先へしずかに光をやどらせる
どんな暴風雨にも消されなかった
詩人が信じた季節の光だ

花になりたい　詩はその声があくがれでる通路
人が花になる　生きるとは遥かなその流転の美しさ

月見草

「いまは　嘆きも　叫びも　ささやきも／暗い碧の闇のなかに
私のためには　花となれ！／咲くやうに　にほふやうに」
（立原道造「ふるさとの夜に寄す」）

月見草という名を灯す
夢の終わりの草はらで
沈黙が言葉を孕みはじめるころ
私からほどける私が
蝶の口吻のような幼い手で
月見草という名を灯す
まだ来ないあたらしい言葉の夜のために
嘆きと叫びとささやきが

闇の碧を「にほふ」花となるために

月見草という名を灯す
唇はかすかにふるえる
夢見る瞼に
失語の真昼が煌々と重みをかける
夜は本当はまだ来ていない
夜は奪われつづけている
昇る月は本当に月だったか
言葉は何にあくがれていたか
希望や未来や愛や平穏
あなたや私
眠る言葉の生き物から
言葉は静かに溶けだしていく

人のかたちをまたひとまわり小さく　ぼんやり残して

月見草という名を灯す
野蒜の尖の生まれたての手
彼の人にも灯るように
そしてさらに彼の人にも
瞼から瞼へ
月色の薄い伝言を送る
人のかたちの沼から沼へ
不穏なさざ波を贈る
人の畔に月見草という名がすっと立つように
たとえ月が消えても
あくがれやまない自分の姿がそこに映るように
この世はむしろ失語を望む砂の地平

そこに花のように言葉があるように
私たちが人であるように

月見草という名を灯す
煌々と重みをかける今朝の光の下で
かすかに影絵のようにあらがい
月見草を灯す

ハチス

わたくしたちはまた一羽、聖なるけものをころした——

千年の後の夏
乾いた土からのびる花のうなじは
たしかにまだみぬ伝説のけものに似ている
花さえもがころした
花だからころした　けものを
想いながら炎天下の干拓地跡をあるいていると

千年の後ふたたび花ひらく花たちの
花芯から仰ぐ空の青さが染みてくる
花には血のようにもっともっと青いのだろう
風はやんだが
花たちのくちびるは痙攣し
不連続の壊れたうたを唱和しつづける
柔らかな呪いのように揺れささやき
不可視の琴線を
ハス畑にきらめかせ張りわたしていく
わたしを捉えるのではなく
ただ透きとおらせて

かつてここには巨大な泥池があった
いまでは干上がってしまったが

それでも
ぽん、と花の音をたててひらけば
てのひらにはまぶたのような池が生まれる
小さな貴人たちはそこにいまも舟をつらね
池に浮かぶ小さな花を愛でている
だがよくみればそこに
この世の空虚はますます重い
貴人たちがみるのは眼前の花でなく
池に映じる仄暗い花々だ
ふと煌めく風の糸をたぐりよせ
うたを編んでは
飢えたまぼろしのくちびるに降ろしていく
うたを受粉した花たちは
泥濘の中でふるえつつ貴人たちに何かを告げるが

それがうたか叫びか
あの世のくちびるのうごきは
この世の光にちらちら遮られ
読み解くことができない

スザク、スザク
てのひらを閉じ
光に酔う花弁のろれつを真似てみる
透明なからだが螺鈿の闇にみたされる
花のうたに
うつくしい聖獣はまた一羽とらえられるだろうか
千年かけて太陽が消えた
欠如がいま空にかがやきはじめる
一羽の古代があふれる兆しが

雫のようにふるえる
まひるの虚空をうらぎりうらがえる純白の刻

声の園

ある朝　男の未明の夢に
ぼんやりと一輪の小さな薔薇が現れた
いくつもの冬の霧を越え　ふたたび
いくつもの冬を越えて　蕾のまま
みすぼらしい花の裸形に
男は思わず顔をそむけた
花はわずかにふるえた
みずからの意志のおよばない内奥に

芯のかたい巻き込みがあり
そこに季節は小さく枯死しているのだ
この冬がほんとうに春にならなければ
男には会えない
遥かな蕾は静かにはげしくくるしんでいる
男の心臓は忘れていた痛みに突き刺された

季節がほろびゆく刻を
花は背後で受け止めかね
みずからを裂く轟音に
神話のようにふりかえってしまった
鋭い閃光が花に目と耳をうがった
花が花である眠りははらりと失われ
花がもう花ではない陰画の森が

背後に盛り上がりぎらりと迫った
咲く寸前の花は
咲くための力を使いつくし
ついに鳥のように空をふり仰いだが
どんな巨樹も支えきれない曇天の重さに
打ちくだかれた
みしらぬ錆びた匂いがして
金属の造花になりかけもした
おそれふるえながら蕾はそれでも
ハイブリッドの淡ピンクの
つめたい露を無数にしたたらせ
園の片隅に透きとおりつづけて待った
薔薇の声を持つ男が
花とひとの間の深淵を

微風となってわたる優しさで
霧の彼方から自分をふたたび呼ぶまで
男はもう覚えていなくとも
花はその名のために棘を永遠に赤くしたから

薔薇がふりかえったあの刻から
冬のままの太陽に
園は季節の断面をさらしている
断面と断面のあいだをさまよう山からの氷の風と
海からの塩くさい霧にいつくしまれた
花ではない花
花を拒む花
花をあふれる花は
細胞が五裂に引き裂かれるたびに

遺恨のエネルギーの冷たい輝きをおび
ひとびとの記憶から
それぞれが背負いだした億年の闇へ
星の消滅のように退きはじめている
残されていくのは園の深傷と
そこにじぐざぐに訪れる昼と夜
歪んだアーチと
山の神に食いちぎられた
かずらたちの夢の肉
そして薔薇であることを捨て去らない
一本の薔薇
園の霧には
かつて名を呼んだ男の声が染みている
たった一本となっても

薔薇でしかない薔薇が
男のスコップとシャベルのかたい沈黙のそばに

遥かに眠る男に
薔薇が生えはじめる
薔薇の叫びの根が生え
有棘の血くだがあくがれめぐる
心臓はついに花ひらいた薔薇に抱きしめられた
なつかしい名を呼ぶまえに　男は
園に置きざりにした
あの最後の薔薇になる

炎

今日
いつもの部屋の景色
てのひらのカップの丸みが
湯気と秒針
口の中の苦みが
ふいに止まりすぎとおり
不思議な駅の予感がはじまります
私の中から

冬が大きな蝶の影となり
飛び去っていくようです
生まれたばかりの薄い光が
空に翅をひろげる気配もします
けれど見廻しても
春はまだここにない
鳥は沈黙をつづける
梢はひからない
世界の遥か外は明るく
さえずりと雪解け水が
きらめき交わり
無数にふりそそいでいるのに

あなたが遺した

『空と風と星と詩』が
テーブルの上に載っています
六十八年の眠りののち
いまだ春が来ていないことを知り
孤独な十字架として
透明なほのおを上げはじめます
そしてみずからのほのおを
悲しそうにみつめます
（死は
他人の国で　他人ゆえに　他人のものとしてもたらされた
玄界灘の激しい波音に占められた棺の中に
あなたの死はなかった）
だからいま
みずからをやきつくそうと

詩は死をあふれていきます
無数の偶然と必然の手が
瓶《かめ》の闇から
歴史の断絶の底から
救いあげた一語一語が
水色に明滅します
それらはこの世の雪原に
生まれては消える小さな足跡です
生と死の国境を
越えることなく遺された
花の幻　そして
無数の星々とひきあう
無数の死者たちの名前です

詩の足跡を辿りゆけば
春の野にふたたびまみえるでしょうか
いいえ
あなたの野を奪いし者の足裏は
いまだ魂の雪原を知らない
私の指は
牢獄の冷たさに届かない
壁に詩の傷を引っかく痛みも
真昼を真夜中にしながら
捩れていったことばの灰のくるしみも

この部屋の中にまで
やがて雪がふってくればいい
偽りの死が覆われ

ことばの炎が
まことの死のために燃えるために
死の彼方まで
いまも生きるあなたのいのちが
つかのまにも輝きわたることを

二〇一三・二・一三

詩人の故郷

詩人の故郷を訪ねることは
詩人の魂の中へ歩み入ることだ
そう信じ私をやってこさせたのは
魂の飢えか　それとも
まだ魂があるというひとすじの希望か
感覚の荒れた皮膚
理性のかすかな悲鳴
倫理の赤い点滅
それらが捧げるもののすべてであったとしても

詩人の故郷を訪ねることは
詩人の魂の中へ歩み入ることだ
六十七年の歳月を超え
海の激しさにもはやあらがわれることもなく
空のふところにやすやすと抱かれ
人の優しいてのひらに次々乗せられて
ここまでやってきた
魂の容器だけをぶらさげてきた
だが私に何が許されたのか
何が行く手をひらいてくれたか
かつて新しい土地を目指した人々が目印にした
立岩《ソンバウィ》をみる（立岩にみられる）
記念館で
暴力の闇をおしとどめる唯一の光となった

十字架を仰ぐ（十字架に見下ろされる）

村は路肩にコスモスがあふれていた
「僕の心はコスモスの心
　コスモスの心は僕の心。」（「コスモス」）
明るい壺中天は
透明なコスモスそのもの
一世紀を眠りつづける少年の寝息が
そこここをふれわたり揺籃する
「私はまだ息が　ここに残っています。」（「恐ろしい時間」）
未舗装の「新たな道」には
幼年の足裏の感触が鼓動している
家の陰の鶏の声
くさむらの虫の音の気泡

ひとしれず光を祝福する地上の静けさに
耳を澄ませる空の永遠
その主のないまなざしの青が
村を包んでいる
吸われるような色あいは
プルダ（空色、緑色、藍色の総称）なのか
パラッタ（鮮やかな青）か
私は詩人の国のことばで
詩の色をみることができない
しかし村の外れでふいに行き当たった
草をかき分け流れる小さな水の流れが
シーネ（小川）であると
からだのざわめきでなぜ教えられたか
「春が血くだのなかを小川のように流れ」

「長い冬を耐えてきた私は
　ひとむらの草のように萌えはじめる。」(「春」)
幼く濁った水の煌めきに照らされ
抱える魂の容器の底は
甘美な亀裂を入れられていく
やがてその傷から
私にも詩人の春が芽吹くだろうか

丘の上のまるく優しい墓の周囲で
無数の風が
柔らかな十字を切っている
いまだ伝えやまない沈黙の遺志があるのだ
「風が吹いているのに
　私の苦しみには理由がない。」

「私の苦しみには理由がないのだろうか、」（「風が吹いて」）
死ののちも苦悩は
理由を探し
末期の叫びは
いまだ波動を送る
六十七年を超える歳月に息絶えたものなどなかった
虫の音も　葉のそよぎさえも

天の青はさらに高まる
時間と空間と　私さえをもまるごと
詩人の魂の内部へ
ふうわりと抱く

二〇一三・一・一四

注

夏の花

「純粋母性」は藤島宇内「原民喜の死と作品」、「無として青みわたる宙」は辺見庸の詩「それらの骨のなかにある骨」、「星を歌う心」は尹東柱「序詩」（金時鐘訳）より引用。上記以外のカギ括弧内は全て原民喜「夏の花」より。なお本作は二〇一四年五月三日、京都市の立命館大学国際平和ミュージアムで行われた鄭周河写真展「奪われた野にも春は来るか」のギャラリートークのために書き、当日会場で朗読した。

花世《ゆ》の島

「ティサジ」は、旅立つ恋人に想いを込めて織られた布。「アマン」はやどかり。本作は、二〇一五年七月に沖縄陸軍病院南風原壕跡を訪れた記憶にもとづく。壕の奥で案内者が懐中電灯で照らし出した赤子の指のような鍾乳石のつららに、もう一つの七十年の姿をまのあたりにした気がした。約三十あるという壕のどこかに、随筆家岡部伊都子の婚約者が今も眠る。「女」は岡部の面影からイメージした。

月桃

「（こうした……ならない――）」は岡部伊都子『二十七度線――沖縄に照らされて』、「（みんな……ために――）」は岡部『沖縄の骨』より。「うつぐみ」は竹富島の言葉で「共同の心」。なお本作は、二〇一五年に京都市の聖護院門跡で行われた伊都子忌（四月二十九日）の印象にもとづき書かれた。

萩

「にほひこぼれる」は、立原道造の詩「かろやかな翼ある風の歌」より（「甃の上には落ち着いた朝の光が斑紋をつくつてにほひこぼれてゐた。」）。「萩の寺」は迎稱寺（京都市左京区）。

ハチス

「スザク」は「朱雀」（平安京の南の守護神とされた聖獣）。

炎

尹東柱（ユン・ドンジュ、一九一七年十二月三十日～一九四五年二月十六日）の命日に催された会のために書き、当日朗読した。尹は北間島の明東村（現・中国吉林省延辺朝鮮族自治州龍井市明東村）出身の詩人。第二次世界大戦下日本へ留学したが、一九四三年治安維持法違反の嫌疑で逮捕され、祖国解放の半年前に獄死した。

詩人の故郷

「立岩《ソンバウィ》」は尹東柱の故郷明東村から少し龍井側にある岩。かつて南から豆満江を越えこの地に移民した朝鮮人たちは、この岩を目印にしてやって来たという。尹東柱の詩の引用は「コスモス」は上野都訳、それ以外は全て金時鐘訳。なお本作は二〇一二年夏に明東村を訪ねた記憶にもとづき、「炎」と同様命日の会に向けて書かれた。

あとがき

本詩集は原発事故後書きついだ、花をモチーフとする詩をまとめています。花の詩が胎動をはじめたのは、二〇一一年のお花見の時だったでしょうか。万朶の桜の白さと天から見下ろす花々のまなざしに、突き刺されるようだったのを思いだします。それはやがて詩作に浸透し、おのずと花へ向かい花に突き動かされていった――後付けを越え、いまそう思えてなりません。

表題作「夏の花」は、韓国の写真家鄭周河さんの写真集（原発事故後の被災地の風景を撮った『奪われた野にも春は来るか』）に触発され書きました。この詩に出てくる情景のいくつかは鄭さんの写真から借り、また原民喜の小説「夏の花」からも引用しています。しかしこの詩を充たす感情の背景には、私自身の体験（といってもパソコンの画面を介してですが）があります。

二〇一二年夏、その頃ほぼ毎日のようにみていた福島第一原発のライブカメラに、ある時花が現れました。名前の分からないやや大きめの黄と白の花。私は思わず見入りました。あれは本当に花なのか、花ならばなぜ原発の根元に咲いたのか――。希望とも絶望とも言えない不思議な光景でした。ふと感情に裂け目がひらき、「ここに花は咲くのか　なぜ咲くのか」という詩の声が生まれました。

その後私は沖縄にも向かい、彼地の花の輝きから四篇の詩が生まれました。詩集の末尾の二篇は詩人尹東柱への追悼詩ですが、尹は立原道造と同様花を深く愛した人でした。尹について想うたび私は、二〇一二年に訪れた故郷の村にあふれていた、詩人の詩を象徴するようなコスモスの美しさと、解放直前にもたらされた死の悲惨さの間に落ち込みます。そしてそこから何かをうたいたくなります。

ここに花は咲くのか、なぜ咲くのか――いまも闇を落ちながら咲きつつ裂く声に耳を澄ませながら、新たな詩の力を考え感じていきたいと思っています。

この詩集の開花を支えて下さった装幀の毛利一枝さん、装画の玉川麻衣さん、思潮社の髙木真史さんに厚く御礼申し上げます。

二〇一六年十月三日　著者

夏《なつ》の花《はな》

著者
河津聖恵《かわづきよえ》
発行者
小田久郎
発行所
株式会社思潮社
〒一六二―〇八四二　東京都新宿区市谷砂土原町三―十五
電話〇三（三二六七）八一五三（営業）・八一四一（編集）
ＦＡＸ〇三（三二六七）八一四二
印刷所
創栄図書印刷株式会社
製本所
小高製本工業株式会社
発行日
二〇一七年五月一日